울지 않는 마돈나

울지 않는 마돈나

이정우 시집

울지 않는 마돈나

■ 自序

나는 요즘 더 할말이 없다.
이 여덟 권 째 시집을 내면서 더욱 그러하다.

인간생명에 근거한 '사랑과 자유에의 꿈(소망)'이
내 삶을 지탱해 왔다. 그러나 나에겐 아직 **〈사랑보
다 더 작은 위안〉**이 필요할 뿐이다.

2005.시월 중순께
신녕 매양리 어릿골 소릉재小陵齋에서
이정우李庭雨

차 례

3부   울지 않는 마돈나

1부
유태인의 안경

프라하에서 1
— 사랑과 자유의 노래 1

사랑은 돌아오지 않는 시간처럼,
온몸이 아프거나 슬픈 천사처럼
은빛 날개를 달고 어디로 갔을까.
그날 몰다우 강물을 바라보면서
우리가 주고받은 목소리를 기억하라.
아름답게 살아야지, 진실로
사람답게 사는 자유와 더불어
아름답게 살아야 한다던 그 말씀,
유서 깊은 바츨라프 광장에서도
두 손 잡고 거듭 가만히 일러주던
소중한 그 언약을 잊지 말아야 한다.
옛시간은 돌아오지 않지만,
오늘 흐릿차니 언덕의 신록 너머
저리도 구름빛이 눈부시듯이
프라하의 천사는 어서 돌아오라.
이젠 더 이상 슬퍼하지 않는
사랑과 자유의 새 은빛 날개를 달고
여기 돌아와 아름답게 노래하라.

프라하에서 2
— 사랑과 자유의 노래 2

'프라하의 봄'은 언제 완성되는가.
동구東歐의 어두운 하늘가에서
그 어느 날 못내 헤어진 그대를
오늘 이 여름날 불타바강의 카를교橋 위에서,
여기 와서 기다리면 만날 수 있을까.
이 오랜 세계의 포도주 몸빛깔과도 같은,
금세기의 마음 아픈 연인들과도 같은
프라하의 야경夜景이나 또는
구시가 청사舊市街廳舍의 천문 시계탑 아래서
다시금 만나 서럽도록 포옹할 수 있을까.
오오, 눈망울이 검푸르게 젖은
사랑과 자유의 혼魂이여,
젊은 날의 눈먼 삶과 꿈이여.

부다페스트에서
— 사랑과 자유의 노래 3

게르하르트 성인의 언덕 위에 월계수잎을 높이 든
'자유의 소녀상'이 서 있었다.
다뉴브강 물결은 맑지도 푸르지도 않게
마냥 잔잔하게만 흐르고 있었다.
강둑 한 구역엔 나치 강제수용소에서 죽어간
유태인의 신발들이 가지런히 놓여 있었다.
(그들이 우리에게 남긴 건 신발뿐일까.)
늦여름 부다의 거리는 단풍나무 잎새들을 물들이고
때이른 가을비도 내리고 있었다.
마챠시 성당과 다리《橋》 건너편
페스트의 저녁 불빛이 피아니시모로 젖어 있었다.
그 모든 걸 언덕 위의 소녀상少女像이
옛모습 그대로 늙지도 않은 채 내려다보고 있었다.
그리운 시절의, 순결한 사랑과 자유의 도시
부다페스트가 거기 있었다.

유태인의 안경
— 아우슈비츠에서 1

내가 멀리 여행을 떠났을 때
나의 오래 사귄 벗인 캥거루가
우리집 구두약통 안에서 잠잘 것이다.
잠자는 동안 나의 헌 구두는
아우슈비츠 수용소의 19동棟 돌계단을
조금씩 닳게 천천히 올라갈 것이다.
그런 얼마 후 오늘날,
이 세기世紀의 감방에서 죽어간 유태인의 안경이
그들 숙소 유리 진열장 안에서
나를 보고 무슨 말인가를 하고 있을 것이다.

막시밀리안 꼴베
— 아우슈비츠에서 2

막시밀리안 꼴베는 어디 갔는가.
빈 독방엔 흰 꽃다발만 놓여 있는데,
부러진 안경다리를 실〈絲〉로 고쳐묶어 낀 채
가슴 찡한 꼴베의 넋은 어디로 갔는가.
배가 너무나 고팠던 성인은 어디 갔는가.

아우슈비츠에서 3

1

여기서 나는 할말을 잃는다.
말하지 않는 말은 왜 죽기만 하는가.

이곳은 세상 밖이다.
지금 내 주위의 시공時空은 멈춰 서 있다.

2

여길 오지 말았어야 했다. 아니다,
꼭 와서 마음으로라도 보고 듣고 느껴야 했다.

마침 빗소리가 들리는 감옥의 창가에 서서,
그냥 한참 서 있어 보기도 했어야 했다.

언덕 위로 날아가는 것
— 샤갈에게 1

언덕 위의 큰 나무에 한 아이가 올라가 있다.
그의 손엔 고깔모자가 들려져 있다.
두 마리의 염소가 말여뀌풀을 뜯고 있다.
한 마리는 무릎을 꿇고 앉아 있다.
저녁이 되면,
마르크 샤갈의 샤츠 등속等屬이
언덕 위로 날아간다.
그의 신부新婦, '벨라' 도 함께 날아간다.

눈물과 탄식이 환희라는 것
— 샤갈에게 2

가난과 불운, 세기世紀의 궁핍과 불안은
어느 시대 어디에나 있다.
그렇지만, '몽상가' 란 별명답게, 아니
스스로 현실주의자로 자처한 것처럼
이 세상의 슬픔과 절망을 사랑했나니…
인간의 눈물과 탄식이 환희라고도 했나니…

페스코바티크, 그 오랜 고향 마을 어귀의
유태 교회당이 많이 기울어져 있다.
오늘밤에도 옛날처럼 바람이 자꾸 분다.
그대가 사랑하는 별들은 어디로 갔을까.
어느 밤을 건너가서 다시 돌아오지 않을까.

데드 벨리 1
— 미국기행/ 하나

1
육지보다 바다보다도 더 낮다는
이 계곡 한가운데엔
광장처럼 드넓은 소금밭이 있고,
소금밭 가장자리 몇몇 군데에
물 얕은 소금연못이 있고,
그 늪속엔 이름모를 물고기들이
살래살래 꼬리를 치며 살고 있고,
연초록 물풀들이 작은 팔을 더 자그맣게
살랑살랑 좌우로 흔들며 놀고 있다.

사람들은 데드 벨리에 관광을 와서
죽음의 땅을 본다며 야단법석들이지만,
아무것도 살아날 수 없다는 소금밭의 연못 속엔
사람보다 고맙고 귀여운 고기와 풀들이 살고 있다.

2
문득 고개를 들어 둘러보면,
모든 생존을 거부하는 이 골짜기의
저 건너편 둥그런 언덕 위엔
인디언들이 살았음직한 상수리나무숲이
아주 부富티나게 정장을 차려 입은 듯하고,
그 위쪽 너머엔 미국인의 생활력을 자랑하듯
사철 푸르른 산맥이 건장한 몸으로
대지를 가로지르며 한껏 위용을 뽐내고 있다.

3
이 죽음의 계곡으로 들어오는 소롯길,
그 메마른 흙먼지가 이는 길섶 여기저기엔
무슨 장승인양 석회석 바위들이 서 있는데,
깎아 세운 기둥 같기도 한 그 바윗돌 위엔
대머리매일까, 갈가마귀일까, 그런 게 앉아 있다.

데드 벨리 2
— 미국기행 둘/ LA의 외삼촌*에게

나를 여기로 데리고 온 외삼촌은
기념사진도 찍어주지 않고
소금밭을 벌써 저만큼 빨리 가고 있다.
쟈켓을 벗어 허리께에 멋지게 묶은 채
양말을 벗어 구두 속에 넣어 손에 들고
바지도 무릎까지 걷어올린 뒷모습으로
소금밭 한복판으로 난 길고 먼 길을
나를 앞서 휘적휘적 걸어간다.
춘삼월의 초등학생 주먹만한 햇볕이
외삼촌의 어깨 위로 내려앉는다.
이민 와서 고국을 그린 지 서른 몇 해,
그 삶의 고된 맛은 소금만큼이나 짤까.
살아생전 오랜만에 조카를 만난 오늘은
여생餘生이 죽음의 발걸음보다 더 가벼울까.

*석상길(미국시민권 이름은 샘-사무엘-).
 미주문학가협회 부회장을 역임하기도 함.

나의 묘비명

그대여,
나 이제 죽노니…

우리에겐 살아생전
아무 일도 없었노라.

오, 해피 데이
— 가볍고 즐거운 詩

종이 냅킨 한 장
책갈피에 끼워넣고
아침 변소에 간다.

거기 앉아 읽는
시詩 몇 소절,
심심한 재미.

한참 앉아 생각하는
삶의 무게,
어쩜 구름 같은 것.

이윽고 종이 냅킨 버리고서
유(U)턴해 나오는 일상생활.
오, 해피 데이.

기차가 가고 있다 1

내가 탄 기차가 가고 있다.
도시를 떠나 진눈깨비가 날리는
들판을 가고 있다.
얼어붙은 강을 건너
산굽이를 돌아 숨차게
철길을 가고 있다.
소읍 간이역을 지나치고
이젠 터널 속을 빠져나와
국도와 서로 곁눈짓도 하며
사이좋게 나란히 가고 있다.

기차가 닿은 곳은 역시 도시였다.

기차가 가고 있다 2

기차가 가고 있다.
천천히 가다가 빨리 가고 있다.
빨리 가다가 또 천천히 가고 있다.
어느 간이역에 한 사람을 내려준다.
잠시 멈춰섰던 기차가 다시 가고 있다.

기차는 가고 나는 의자에 앉아 있다.
(그래서 나는 이 글을 쓸 수 있다.)

기차는 쉬고 있다
— 기차가 가고 있다 3

기차가 가지 않고 있다.
그런 기차는 높은 산 위에 있다.
어떻게 거기까지 올라갔을까.
그 기차간에선 사람들이 앉아서
스테이크도 먹고 차〈茶〉도 마시고 있다.
기차는 멈춰 서서 가지 않고 있는데,
그 안의 사람들은 기차가 가고 있을뿐더러
멀리 잘 가고 있다고 생각하는 모양이다.
저렇게 안 가는 기차는 추억여행을 위한
사람들의 식당이 되어 있다.
평생 동안 가고 가던 기차는
다리가 아플만큼 나이가 많아졌다.
살아온 세상은 슬픔과 괴로움이었던가.
되돌아보는 기쁨과 설레임 같은 것으로
세월은 편안함이기도 했던가.
커피를 마시고 빵도 먹는 사람들을 싣고
기차는 가지 않고 서 있다.
저 산 위엔 어떻게 올라갔는지,
산 위의 기차는 이제 쉬고 있다.

2부

지귀자전志鬼自傳

저 하늘 끝 어딘가 한 사람이 서 있다
— 지귀자전 志鬼自傳 7

지귀야, 지귀야.
니는 와 지귀고?
내 이름 와 지귄지
내도 모른다.

내 이름 무슨 뻑따귄지
내사 알 필요도 없다.

뜻 지志, 귀신 귀鬼자,
지귀야, 니 이름 누가 짓노?

내 이름 와 그리 짓는지
내 몰라도 된다.

그만 물어봐라, 제기랄,
그런 거 몰라도 산다.

저 하늘 끝 어딘가 한 사람이 서 있다
— 지귀자전 8

엄마 무덤엘 또 찾아왔네.
양지녘 산길 돌아가 떼잔디집,
그 집 작은 창가에선 언제나
저 아랫동네 못물이 보이네.
그 못물결 오늘도 노을 속에
은빛으로 한세상을 반짝이네.

노을 지고 곧장 밤이 오네.
얻어먹은 밥, 쉬이 배고픔이여.
어둠 속에 온갖 귀신 무섭다는데,
난 엄마 곁에 바싹 붙어 자려네.
밤이면 잠 속의 그리운 엄마꿈,
자고 일어난 얼굴 온통 눈물이네.

저 하늘 끝 어딘가 한 사람이 서 있다
— 지귀자전 9

봄엔 제비꽃,
내가 젤 좋아하는 자주빛깔 앉은뱅이꽃.
여름엔 고사리,
자그맣고 부드러운 두 살짜리 아기 손가락꽃.
가을엔 구절초,
노오란 가슴팍의 하얗게 야윈 산골짜기 가시네꽃.
겨울엔 눈솜꽃,
눈 오는 날마다 하염없이 바라보는 눈부신 나뭇가지꽃.
산 위 빛나는 구름꽃,
사철을 두루 피어나선 날 위로하는 아버지 같은 큰사랑꽃.

엄마 무덤가에서 꽃을 보아라,
그 떼잔디집 창가에서 온갖 꽃들을 보아라.
어릴 적 엄마하고 꽃구경 같이하던 날들은
어디 갔나. —나는 아직 어린 마음 그대로인데,—
보고 싶은 엄마는 날 여기 두고 어디 있나.

저 하늘 끝 어딘가 한 사람이 서 있다
— 지귀자전 10

술 깨니 잠 깨이는구나.
자정도 훨씬 넘어 야삼경에
더 이상 잠 오지 않아
하릴없이 우두커니 앉았구나.
새벽닭 아직 울지 않고
가까운 사찰寺刹 종소리,
법고法鼓가 먼저 우는구나.

또 하루가 가고 다른 날이 오는가.
잠자고 깨인 퀴퀴한 멍석 잠자리,
어서 일어나 오늘은 뭘 얻어먹을까.
주는 대로 그냥 먹고 살 뿐이지만
술 없인 어이 살까, 그게 걱정이지.
술 한 잔 안 준다고 욕이나 하랴.
그저 고맙게, 고맙게 먹고 살 일이지.

저 하늘 끝 어딘가 한 사람이 서 있다
— 지귀자전 11, 이후 지귀의 행각사行脚詞

서라벌 떠나 처음 들린 동네 한마당에서
뉘네집인가, 혼례청 치고 꼬꼬 재배한다네.

난 뭐 장가갈 줄 몰라서 영 안 간 줄 아나.
우리 선덕여왕 향한 내 지극한 맘 때문이지.

에라, 생각하면 뭘 해, 묶어주기나 하면 되지.
축! 잔칫날인 걸, 이판사판으로 묶어 주자고.

저 하늘 끝 어딘가 한 사람이 서 있다
— 지귀자전 12

내 어릴 적 물지게 지고
동구 밖으로 물 길러 가던 샘가,
그런 오랜 우물이 저기도 있네.
이 나그넷길 땡초의 무릎을 꿇고
두 손 오무려 물 떠서
애마른 목이랑 축이네.
아아, 내 전생前生에
우리 선덕이하고 물 길러 다니던
그런 우물 하나 이 산골에서 만나
한 생生의 오후 나절을 좀 쉬어가네.

저 하늘 끝 어딘가 한 사람이 서 있다
— 지귀자전 13

산은 언제나 너무 엄숙하지만
난 봄날 솔바람처럼 은은하지.

여름산은 좀체 말을 하지 않지만
난 내 사랑에 대해 할말 다하지.

가을산이 색色을 쓰듯 잘 차려 입지만
난 거지 단벌신사라도 부끄럽지 않지.

산은 겨울 눈발을 지그시 맞고 있지만
나는 꽃나무인양 봄을 은근히 기다리지.

토암산은 석굴암의 부처님을 모시지만
난 내 맘속에 어여쁜 임금님을 모시지.

저 하늘 끝 어딘가 한 사람이 서 있다
— 지귀자전 14

여왕님, 저는 서라벌을 떠난 지 두어 달여쯤,
요즘엔 그저 이리저리 좀 다니고 있답니다.

서울에선 사람들 득살에 온몸이 막 아팠는데,
아픈 데를 건들이니 왜 그리도 더 아플까요.

여왕님을 사랑하는 게 큰일 날 일이라고,
사람들이 제 아픈 데를 두고 손가락질한답니다.

머언 하늘가 그 어디를 가더라도, 이 지귀는
살아서, 그리운 마음을 못내 노래할 뿐이랍니다.

벌써 가을바람 영嶺 넘어와 노을도 차갑습니다.
이 저녁 산마루에 앉아 부치지 못할 편질 씁니다.

저 하늘 끝 어딘가 한 사람이 서 있다
— 지귀자전 15

사람들이 일부러 날 놀린다.
일부러 노래하라 하고
석유를 입에 물고 불놀이도 하라 한다.
선덕여왕을 사모한다고 자꾸 말하라 한다.

난 일부러 놀림을 받는다.
일부러 노래하며 웃는 척도 하지만,
여왕님을 사랑한단 말, 그건
죽어도 '일부러' 가 아니다.

저 하늘 끝 어딘가 한 사람이 서 있다
— 지귀자전 16

이 산촌에 탁발하러 와서
도심都心의 오염 대신
산야山野의 바람을 쐬니,
잠시 우리 임금님도 잊을 만큼
그 청정한 공기의 시원함이란
자연의 단맛이랑 알겠습디다.

저 개울물 좀 보아요, 여왕님,
얼마나 드맑고 깨끗한지
제가 너무 좋아하는 소주 같아요.
참, 저는 자주 그런 생각을 해요.
사람들도 소주처럼 맑고 깨끗하면
또 얼마나 좋을까요, 세상도.

저 하늘 끝 어딘가 한 사람이 서 있다
— 지귀자전 17

저기 저 산골 사람들아,
어린 산천어山川魚랑 잡지 마라.
맑은 시냇물 흐리게 하지 마라.

어미 물고기의 눈시울을 보아라.
저 환한 물속 바위틈에나 숨어서
말없이 눈물 흘리는 모성애를 보아라.

이 몹쓸 세상 사람들아,
날마다 엄마 속을 태우던 사람들아,
이 지귀 말을 듣고, 아예 살생하지 마라.

저 하늘 끝 어딘가 한 사람이 서 있다
— 지귀자전 18

여왕님, 나의 짝사랑하는 임금님,
요즘 여기저길 돌아다니다가, 저는
어떻게 살까, 무얼하며 살아볼까,
그런 걸 좀 궁구해 봤더랬지요.

방물장수나 한번 해 볼까, 그거 어때요.
엿장수 수레 같은 거 하나 만들어
쌀튀밥, 새우깡, 라면땅도 실어다 팔거나
산골동리 아낙네들께 둥둥 구리무도 갖다주고
쑥돌에 물 묻혀 바우네 정지칼도 갈아주면서
그런 방물장수나 두어 해 하다가
어쩌다 예쁜 과부라도 만나면 장가라도 갈라고요.
여왕님, 그래도 괜찮겠지요, 화 안 내겠지요.

저 하늘 끝 어딘가 한 사람이 서 있다
— 지귀자전 19

우리 여기 살까,
이 시골 산촌에서
찬물 한 그릇 떠다놓고
맞절이나 지성至誠껏 한 뒤
그냥 둘이 살아버릴까.
한세상 사랑도 별것 아닌 것처럼
아들딸이랑 한 다스쯤 마냥 낳고,
베적삼에 검푸른 땀 찌드는대로
이승살이 온갖 근심 다 잊고
그런대로 한번 살아볼까.

오, 나의 사랑, 여왕님,
이 시골 행각行脚 중에 저는
자꾸만 그런 생각도 해 본답니다.

저 하늘 끝 어딘가 한 사람이 서 있다
— 지귀자전 20

지귀가 밥 빌어다 먹는다.
눈물 콧물 흘리며
이마빡에 송올송올 땀방울이 맺힌 채
고샅 어귀 회나무 아래선가
세상사람들에게 등 돌리고 서서,
씨이익 멋쩍게 웃어보기도 하는
앞니 빠진 갈가지 섞은 이빨로
허겁지겁 남몰래 동냥밥을 먹는다.
눈치코치 보며 빌어온 소금밥 속에
정어리 반 토막 죽은 눈깔 감고 있다.
늦여름 골목길, 그가 밥 먹는 뒤쪽에서
동네 개 삽살이가 침을 질질 흘리고 있다.

저 하늘 끝 어딘가 한 사람이 서 있다
― 지귀자전 21/ 이후 지귀의 상경귀사上京歸辭

"통행권을 뽑으십시오"라고
경주 톨 게이트가 말한다.

아, 우리 선덕여왕님이 계시는
동쪽 서울〈東京〉땅에 돌아왔다.

두타행頭陀行 탁발길을 마친 뒤
또 다시 임금님 가까이로 왔단다.

사랑하는 임의 손짓도 잘 보이는
이 하늘 아래, 저 숲가로, 여기에.

3부

울지 않는 마돈나

나무처럼 물결처럼
— 사랑 6

비가 오면
가까이 뜨락에 나가
나무처럼 빗발을 한참 맞으며
서 있고 싶다.

물가엘 가면
거기 개울물에 들어가
물결처럼 소리를 졸졸 내면서
흘러가고 싶다.

그댈 만나면
저기 산마루에 올라가
구름처럼 흰 손을 꼬옥 쥐면서
마주하고 싶다.

힘없이 웃다
— 사랑 7

그대 힘없이 웃는다, 얼마나 피곤한 걸까.
나도 따라 공연히 그렇게 웃어 본다.

그대 고개를 갸우뚱한다, 무엇이 이상한 걸까.
나도 따라 괜히 그렇게 갸우뚱해 본다.

(사랑은 그냥 따라서 그렇게 하는 것.)

말없이 눈웃음으로
— 사랑 8

아예 말하지 말고
그냥 웃어만 줘요.

그냥 웃기만 해요.
눈으로써 말이예요.

난 그게 더 좋아요.
눈짓으로 은근하게요.

절대로 말하지 말아요.
말없는 눈동자로 말해요.

*

눈가에 잔잔한 웃음—
입가에 조용한 사랑—

*

그대가 날 사랑하는 생각.
내가 그댈 사모하는 마음.

밤바다의 먼 불빛
— 사랑 9

내가 언제나 사랑한
동해의 밤바다.
오늘도 여기 와서
널 그리는 마음.

내 한 생애 동안
네 옛 모습인양
그윽히 바라보던
고기잡이배의 먼 불빛.

밤물결 더욱 어둡게
출렁이는 소리 위에
조금은 밝게 일렁이던
내 사랑의 자그만 불빛.

마냥 외로운 세월에도
가만히 입속으로
혼자 노랠 부르며

위안을 삼던 밤바다 불빛.

이젠 살아있다는 게
더 이상 슬프지만도 않은
내 오래 아득한 사랑의
그리운 이를 그리워함이여.

이 언덕에 봄비가 오면
— 사랑 10

비가 옵니다, 입춘이 지나
몇 며칠째 오고 있습니다.
이젠 따뜻한 봄비가 오고,
꽃 피는 계절이 또 옵니다.
여기 떠난 뒤 그 어디선가
그리운 임이여, 기억하시나요,
이 옛 언덕에도 봄비가 오면
꽃들이 다시 살아나 한들거림을.
봄비가 오는 창가에서 나는
그대 다시 오실까 기다립니다.

저기쯤의 사랑
— 사랑 11

저기 네가 서 있는 게 보이네.

저기 네가 서서 나를 보고 있네.

여기 이쪽에서 나도 너를 보고 있네.

저마다 외로이 서 있는 저기쯤의 사랑,

사랑은 언제나 왜 저기쯤에 서 있나.

저기 서서 서로가 무얼 기다리고 있나.

강아지풀
— 사랑 12

비 오는 날 가여운 건
몸피 작은 강아지풀이다.

제 한 목숨 잘 가려줄
착한 우산도 없이 서 있네.

짧은 머리카락 다 젖는 채
사랑은 누굴 기다리는 걸까.

바이올렛 제비꽃
— 사랑 13

네 자줏빛 자그만 한 생명체의
연한 눈망울을 가만히 바라보았다.

낮은 눈높이, 조용한 몸짓만으로
일생을 앉은뱅이로도 살아가는 꽃.

이 삶의 뒤안 텃밭에 숨어있대도
오랜 사랑으로 나는 꼭 기억하리라.

그리운 사람에게
— 사랑 14

아직은 이렇게 살아 있음은
저 오디오의 바이올린 소리,
그 뼈아픈 음률 때문도 아닙니다.
저 산마루 위의 빛나는 구름을
하루만 더 보고픈 까닭도 아닙니다.

아니예요, 이렇게 그냥 살아 있음은
그대를 차마 잊지 못하고 있기에
더욱 가슴 저미는 이유 하나 뿐.
열린 창문을 아직은 닫지 못하는
이 세상 꿈속의 그리운 사람이여.

이 병고病苦가 끝나고
— 사랑 15

이 세상 햇빛과 바람 속에서
산마루 위 설유화雪有花를 본다.
그 꽃무리 같은 은빛 구름을 보며
나는 그만 병들어 아파라.
널 생각하며 더 아파라.
산모롱이 섶에 서서, 오늘도
나는 자꾸만 너무 아파라.
여름날도 다 지나가고,
산굽이 돌아가는 가을의 길목.
언제일까, 이 병고가 끝나고
죽어서 간다는 서녘 하늘나라,
그 어디쯤에서 널 다시 만날 날은.

랩소디 광시곡狂詩曲
— 사랑 16

먼 하늘가를 미친 듯이 내달리는
서러운 몸짓의 시詩를 이젠 버리자.

이 지구의 끝으로 내달리는 것처럼
서럽고 미친 곡조의 노래를 그만 두자.

사랑이여, 눈 감고 혼자 듣는 빗소리처럼,
저 하늘에서 그냥 내려온 눈물이라고 하자.

참사랑이 기다리는
— 사랑 17

이젠 돌아갑시다.
이 세상 한 생生을
여기쯤에서 끝냅시다.
이승의 어설픈 사랑도
이제는 그만 둡시다.
저마다의 제 갈 길,
귀향길로 나섭시다.
그만 돌아갑시다,
참사랑이 기다리는
그 하늘나라 고향으로.

팝송을 들으며
— 사랑 18

누가 거기에 서 있나.
어느 산기슭, 들녘, 바닷가쯤에서
무얼 마냥 그리며 서 있나.
아침을 먼저 깨우는 산새소리,
한낮의 햇살어린 물결소리,
저녁놀 진 산그늘 속에서
지금도 가슴에, 눈에 밟히는
가버린 사랑을 생각하며 서 있나.
거기 서서 신새벽에 스러지는 별을 보고,
해가 지면 나타나는 달을 바라보며
제 혼자 무슨 노래를 부르고 있나.

눈물이 난다
— 사랑 19

그대를 생각할 때면
자꾸만 눈물이 나요.
그 언젠가 건네주신
장밋빛 꽃무늬 손수건으로
내 눈가의 물기를 훔쳐요.
정태춘의 '사랑하는 이에게',
그 노랠 밤 이슥토록 들어요.
오늘밤에도 그리운 마음에
이렇게 혼자 앉아 있어요.

붉고 붉음이여
— 사랑 20

저 은빛 못물결이
저녁놀에 붉게 빛난다.
살아가면서 더욱 더
그대 생각이 붉어짐이여.

저녁놀도 하마 지고
까아만 밤이 또 온다.
어둠 속에 혼자 앉아서
마음은 아직 붉고 붉음이여.

울지 않는 마돈나
— 사랑 21

울지 마라, 아들아,
엄마는 울지 않는다.
네가 사랑하는 여인,
마돈나도 울지 않는다.
오늘 네 삶의 꿈이
눈비에 젖는다 해도,
이 천명天命의 하늘 아래
마음의 길을 가야 한다.
널 생각하며 울지 않는
이 엄마를 위하여,
사랑하는 이를 위하여
아들아, 울지 마라.

4부

망개가 붉을 때

강물

한 처음 시원始源에서부터
사람 사는 마을과 더불어
세상의 강물은 흘렀던가.

*

내 한 목숨의 시초부터
지금 여기까지 흘러왔는가.
때이른 새벽녘의 안개를 헤치고
한낮의 햇빛에 눈먼 맨살을 태우며
더러는 눈〈雪〉과 비의 바람개비 속에서
어떻게 마음의 눈을 뜨고 감으며 살아왔는가.

오늘 이렇게 산그늘 지는 저녁 무렵까지
이리저리 굽이져 휘돌아온 시간의 물길,
그 어느 초록빛 둔덕의 풀꽃사랑도 버려두고
뒤돌아보는 그리운 죄조차 무심히 지나쳐온
그런 세월의 노래와 추억은 아프다.

그렇게 살아온 기억의 길은 가뭇하다.

아직도 어디론가 더 가야 하는가.
강가의 사람들은 밤새 전등불을 켜서
고단한 생애의 어둠을 밝히는데,
한세상의 사랑과 삶의 뜻은 무엇인가.
한갓 목숨의 꿈길은 저 산 너머 하늘녘처럼
또한 얼마나 더 멀리, 높이 아득한가.

망개가 붉을 때

내 고향 뒷동산에
망개 열매 붉을 때,
앞냇가에 여우비 오고
문중산 등마루에
햇빛도 간간이 비치었다.

고모야 시집 가던 날,
"나는 장독 뒤에 숨어
혼자 울었다."
여우비는 한낮을 두고
오락가락하는데,
앞내 다리 건너고
들길 지나 못물 돌아
고모야는 왜 가노.

맨날 날 업어주던
막내 고모야,
산고개 구름 너머

이웃마을 부잣집 가서
잘 살거래이.

*

해마다 망개는 더욱 붉고,
고모야 연지곤지 생각난다.
고모야와 숨바꼭질하던 일,
날 찾아 부르던 목소리
귀에 쟁쟁 들린다.

망개가 붉던 시절 돌아보며
한세상 사는 게
나는 아직도 부끄럽다.

고모님 이젠 칠순에 가깝다.

어於, 한티 4

해가 진 뒤 산山의 능선이 뚜렷이 더 잘 보인다.
어두운 산과 조금은 밝은 하늘의 경계선境界線이
저렇게 환히 그린 듯이 확 보이는 것이다.
보이는 것은 나무가 아니고 구름도 아닌 산마루 높이,
산과 하늘의 그 경계만이 길게 연이은 능선이다.
그것이 가로로 굽이치며 멀리까지 드러나 있는 것이다.
순교성지殉敎聖地라서일까, 해가 진 뒤 밤이라도
역사의 산마루는 높고도 낮게 또 길게 아주 잘 보인다.

바다 11
— 축산항築山港*에서

저 둥근 수평선 위에
겨우 보일만큼 떠 있는 배는
이 세상 끝으로 가고 있는 거다.
이쪽 등대 옆 방축에서
바닷물결 저쪽으로 멀리 던지는
낚싯줄에도 그건 걸리지 않는다.
오늘 여기 동해의 축산항에 와서
저 바다 쪽 끝간 데를 바라다보면
보일 듯 말 듯 어디론가 가고 있는
내 일생이 거기 있는 듯하다.
거기는, 실은 나에게도 너무 멀어
잘 보이지도 알 수도 없는 곳이다.
그러나 이 이승에선 누군가가
지금도 어디론가 가고 있는 거다.
가는 물길을 막거나 말리지 말라.

*강구읍 축산면 소재 항구

봄비가 오는데
— 마리아 고레띠 수녀님의 이임날에

어저껜 이 마을 하늘가에
봄비가 시나브로 오고,
이제 곧 가까운 날
우리의 꽃들도 피어나겠지요.

입춘 지난 남녘땅엔
하느님의 봄비와 더불어
꽃들도 다시 오려는데,
우리 수녀님은 왜 가십니까.

봄비 오는 이 사순절에
북상北上길로 떠나는 수녀님,
춘삼월 부활절이 되면
제비꽃으로나 또 오시나요.

(2005. 을유년/ 정월 스무날에)

팔공산 능선골을 지나며

능선골 산굽이를 돌아서
너를 만나러 가는 날엔
바람이 조금 산기슭으로 비껴서 불고,
그쪽 양달개비꽃이 많이 모여 핀 곳에
여우비가 이따금 내리고 있었다.
그날 바람 부는 쪽 산등성이엔
또한 햇빛이 더러 비치기도 했던가.
너를 만나러 도시로 가는 길,
팔공산八公山 동편 능선골에서
바람은 빗줄기의 허리를 껴안고 가고,
여우비는 햇빛 속에서 오명가명하더라.
이승의 산모롱이 그 어디쯤에서
나는 한세상 안팎을 이렇게 오가느니.

비오는 날

팔공산 어릿골에 비가 온다.
여름날의 비비추와 산나리꽃들은
빗물에 젖으며 더욱 야위어 보인다.
어머니 살아생전 늘 걱정하시던
이젠 다 큰 어른된 불효 장손 맏아들이
비 오는 날 산길을 혼자 걷는다.
비가 자꾸 더 많이 쉬임없이 오고 있다.

눈 오는 날
— 홍진영, 김천의 경북고등학교 동창에게

어디메 산골마을 시냇물이 밤새 차갑게 얼고
가을저녁의 서늘한 물소리도 멈춰버린
그 잊혀간 옛 기억의 시간 위에 눈발이 내려…
손발이 시려 꽁꽁 얼어도 좋아라, 바람 찬 겨울일망정
눈 오는 날은 참 마음이 따스해지기만 하니까.

그런 시절이 있었답니다.
사람 사는 일이 정말 단정했던, 그러한
사람 사는 세상다운 다소곳한 데가 우리에게
언젠가 거짓말처럼 있었구려.

눈밭에 서서

해가 빨리도 진 저녁답에
산골짝의 바람 드세게 불더니
밤 이슥하도록 눈보라가 치고 있다.
팔공산八公山은 눈발을 맞으며
밤새 아무 말도 하지 않는다.
나도 이젠 아무런 할말이 없다.
집 뒤안 어두운 빈 텃밭에 나가
나도 눈발을 맞고 한참 서 있다.
왠지 그러고 싶었을 뿐이다.
이 겨울밤의 자연스런 엄격함이여,
눈보라 치는 엄동의 밤과도 같은
한 생애의 눈시울이 차고도 아픔이여,
고달픈 삶의 꿈길을 걸어와서
이젠 산속에 홀로 서서, 눈밭에 서서.

나탈리 콜

나는 밤늦게 홀로 널 그리며
녹차綠茶를 마시고 있어.
그러다가 좀 심심하길래
네가 좋아하는 '언포겟터블'을
방금 찾아 플레이어 했어.
바로 그 노랠 나탈리 콜이
아버지와 같이 부르고 있어.
죽은 낫킹 콜이 CD 속에서
이 세상에서 사랑하던 딸
나탈리와 함께 부르는 노래,
나는 지금 그걸 마음으로
너와 함께 또 듣고 있어.

*Unforgettable

풀 이야기

토끼풀은 토끼귀를 많이 닮았고,
강아지풀은 강아지 손발처럼 생겼고,
애기똥풀은 그렇게 봐서 그런지
그 노란 물똥과 참 같기도 하구나.

작은 풀잎들은 가만히 움직인다.
하고픈 말도 입속으로만 한다.
사람들은 그걸 알아맞춰야 하지.
"난 누구와 무엇과 닮았을까요?"

풀들은 밤에 꼭 한데서 잠을 잔다.
자다가 깨어 엄마를 찾기도 하다가
조금 울고 나선 또 잠들기도 하지.
엄마는 홀씨되어 어디로 날아갔을까.

풀들 옆에 들꽃들이 가까이 서 있다.
어린 풀들보다 늦게 자고 일찍 일어나
바람을 막아주며 쯧쯧 혀를 차다가
"얘들아, 우리 뭐하고 놀래?" 물어본다.

달마 26
― 산에 와서

여기 하늘 끝은 고요하이.
내 생애의 여기쯤 와서
비로소 적막함을 다시 안다.
이 이승의 산마루 위 하늘가,
겨울밤의 별무리 가까이 서서
나는 겨우 요즈음에야, 마침내
적적寂寂한 가운데 성성惺惺함과
성성한 가운데 적적함을 느껴 안다.
여생餘生의 천애적막天涯寂寞이여,
그윽한 고요와 확오한 깨침을
마음에 더불어 함께 갖게 됨이여.

달마 27
— 산山, 본성을 찾아

이 늦은 저녁 무렵에
가을산이 안 보인다.
어깨에 단풍나무 그림자도 거두고
온몸의 빛깔들도 벗어버린 채
산은 이제 제 본성本性을 찾아
아무도 모를 어디로 가 버렸는가.
이 세상의 어두운 시간을 건너
잠 속의 한없이 더 밝고 깊은
또 다른 세계로 가 버린 걸까, 산은.

달마 28
— 사람의 길 2

넌 뭐냐?
(잘 모르지.)

난 뭐지?
(아는 게 없어.)

우린 정말
아무 것도 아녀.

달마 29
— 물고기가 죽다

그날 밤 금붕어는 어항 속에서
돌처럼 꼼짝 않고 자는가 싶었지.
물고기도 면벽面壁을 하는가,
나는 그런 생각이 들기도 했어.
그러다가 잠 깬 듯이 조금씩,
아주 조금씩 꼼지락거리는 거 있지.
밤새 물고기는 긴 침묵 가운데
일생일대의 마지막 결심을 했을까.
이튿날 아침에 어항을 다시 보니
죽은 채 뱃살을 위로 하고 있었어.
얼마나 괴로운 삶과 사랑이었을까,
이 세상에서 더 이상 숨을 쉬지 않고
그만 죽음을 결행하기까지는 말이야.

아하, 요새 이런 세상에선
물고기도 자살을 하는구나.

달마 30
— 달마의 기도

하늘님,
나무도 저렇게 바로 설 줄 아는데,
(나무들도 제대로 바로 서서 사는데,)
사람들은 왜 바로 서서
좀 제대로 살 줄 모르는지요.

아이고! 하늘님,
그런 사람을 왜 아직 사랑합니까?

형이상학적 역설과 지극한 사랑

이 태 수
(시인, 매일신문 논설주간)

이정우 신부의 이번 여덟 번째 시집 『울지 않는 마돈나』
는 슬프도록 아름다운 꿈으로서의 '지극한 사랑'을 노래한
다. 인간을 가장 인간답게 만드는 '자유'는 또 하나의 무게
가 실린 화두이다. 나아가 인간적인 너무나 인간적인, 그러
면서도 세속적인 인간의 차원을 훨씬 넘어서는 구도의 모
습들을 '형이상학적 역설'로 떠올리고 있다.

대체로 '말 없는 말'과 '뒤집어 말하기'의 미학이 돋보
이는 이번 시편들은 '젖은 서정'의 옷을 입고 있으며, 결이
곱고 촘촘하다. 자연스럽고 간결하며, 단순화의 미덕을 극

대화하고 있기도 하다. 하지만 대부분 가까이 다가가 보면 사정이 달라져 버리게 된다. 언뜻 보기에는 정서적인 울림〈서정〉에 기대고 있는 것 같지만, 떠올라 있는 말들을 그대로 읽으면 '어떤 덫'에 걸리기 십상이기 때문이다. 게다가, 깊이 들어가면 갈수록 외양과는 달리 복합적이고 완강한 '형이상학적인 메시지들'과 마주쳐야 한다.

그렇다면, 그의 이 부드럽고 단순화된 정서적 울림 속의 그렇지만도 않은 언어의 행진들을 어떻게 받아들여야 할는지, 얼마간은 머뭇거리지 않을 수 없다. 위험 요소들이 적지 않다고 하더라도, 거칠게나마 괄호를 쳐보지 않을 수 없어, 일단은 '자신의 내면을 향한 형이상학적 독백과 역설의 시편'들로 풀이해 보게 된다.

주류를 이루고 있는 이같은 성향의 '내면시'와는 또 다른 한편으로 '인류를 깊이 끌어안으려는 사랑과 자유'에의 희구를 노래하는 시편들에도 주목하지 않을 수 없다. 더구나 이 일련의 시편들로 시인 특유의 시세계를 넓혀가는가 하면, 최근의 관심이 집중돼 온 작업들이어서 마음이 더욱 끌린다. 주로 해외의 성지 등지에서 길어 올려진 것으로 보이는 제1부 「유태인의 안경」의 작품들은 가톨릭 사제로서의, 인류를 사랑과 자유로 따스하고 깊게 감싸안는 휴머니스트로서의 면모를 강화하고 있어 각별히 마음을 사로잡는다.

먼저, 4부로 구성된 작품들 가운데 「유태인의 안경」보다
는, 이미 빛을 본 시집에서 익히 보아온 연작들이 이어지거
나 크게 보완되고 있는 듯한 「지귀자전志鬼自傳」, 「울지 않
는 마돈나」, 「망개가 붉을 때」 등의 시편들, 그 중에서도
'서정적 자아'가 두드러져 보이는 제3부 「울지 않는 마돈
나」의 '사랑 시편' 들부터 읽어보자.

누가 거기에 서 있나.
어느 산기슭, 들녘, 바닷가쯤에서
무얼 마냥 그리며 서 있나.
아침을 먼저 깨우는 산새소리,
한낮의 햇살어린 물결 소리,
저녁놀 진 산그늘 속에서
지금도 가슴에, 눈에 밟히는
가버린 사랑을 생각하며 서 있나.
거기 서서 신새벽에 스러지는 별을 보고,
해가 지면 나타나는 달을 바라보며
제 혼자 무슨 노래를 부르고 있나.

                  — 「팝송을 들으며 - 사랑 18」

'누가'를 '내가'로, '있나'를 '있다'로 바꿔 읽어도 좋을
이 시는 가버린 사랑을 애틋하게 노래하면서 그런 정한의

세계를 절절하게 길어 올리고 있다. 제 혼자 사랑 노래를 부르며 하염없이 서 있는 '누가'는 시공마저 뛰어넘는 그리움과 기다림의 화신에 다름 아니다. 그에게는 '산기슭' '들녘' '바닷가'라는 공간, '아침' '한낮' '저녁' '신새벽' 등의 시간이 따로 떨어지지 않고, 한데 어우러져 있다. 이 때문에 '아침을 먼저 깨우는 산새 소리', '한낮의 햇살 어린 물결 소리'나 '저녁놀 진 산그늘 속'에서도 아랑곳없이 '가버린 사랑'이 '가슴에, 눈에 밟히'며, '신새벽에 스러지는 별'이나 '해가 지면 나타나는 달'을 바라보면서도 마찬가지다. 더욱 절실한 감동을 안겨주는 것도 그 때문이다.

시인의 이 같은 사랑은 '비가 오면 / 가까이 뜨락에 나가 / 나무처럼 빗발을 한참 맞으며 / 서 있고 싶'(「나무처럼 물결처럼 - 사랑 6」)게 한다. '말없는 눈동자로 말해요'(「말없이 눈웃음으로 - 사랑 8」)라며, '봄비가 오는 창가에서'(「이 언덕에 봄비가 오면 - 사랑 10」) 기다리면서도 '사랑은 언제나 왜 저기쯤에 서 있나'(「저기쯤의 사랑 - 사랑 11」)라는 안타까운 정황에 젖어 있게 되기도 한다. 하지만, 이윽고 '참사랑이 기다리는 / 그 하늘나라 고향으로'(「참사랑이 기다리는 - 사랑 17」) 돌아가고 싶어 하며, 성모의 심경으로 들어가 '이 엄마를 위하여, / 사랑하는 이를 위하여 / 아들아, 울지 마라'(「울지 않는 마돈나 - 사랑 21」)는 위안의 공간에 이르게도 된다.

　　그러나 그의 상당수의 시들은 빛깔이 이와는 사뭇 다른 경우도 적지 않다. 「지귀자전志鬼自傳」 연작은 바깥과 안쪽이 서로 다른 듯한 '역설의 미학'을 서러운 아름다움으로 펼쳐 보이고 있다.

　　　산은 언제나 너무 엄숙하지만
　　　난 봄날 솔바람처럼 은은하지.

　　　여름산은 좀체 말을 하지 않지만
　　　난 내 사랑에 대해 할말 다하지.

　　　가을산이 색色을 쓰듯 잘 차려 입지만
　　　난 거지 단벌신사라도 부끄럽지 않지.

　　　산은 겨울 눈발을 지그시 맞고 있지만
　　　나는 꽃나무인양 봄을 은근히 기다리지.

　　　토암산은 석굴암의 부처님을 모시지만
　　　난 내 맘속에 어여쁜 임금님을 모시지.

　　　　　　　　「저 하늘 끝 어딘가 한 사람이 서 있다
　　　　　　　　　　－ 지귀자전志鬼自傳 13」 전문

이 시는 '산' 과 '나', 그것도 사계의 산과 그 상황 속에 놓인 화자의 대비를 통해, '산' 으로 상징되는 자연의 섭리나 진리에 무게 중심을 두면서도 그보다는 다분히 주관적인 인간의 편에 서 있는 '나=지귀' 에 무게 중심을 옮겨 노래하고 있다.

'산' 은 엄숙하고, 좀체 말을 하지 않으며, 색色을 쓰듯 잘 차려 입고, 눈발을 지그시 맞고 있는 존재로 묘사되고 있다. 반면 '나' 는 봄날 솔바람처럼 은은하며, 사랑에 대해 할말 다하고, '단벌신사' 라도 부끄럽지 않은 거지이며, 꽃나무인양 봄을 기다리기도 하는 존재이다. 나아가 그 산은 토함산으로 구체화되면서 석굴암의 부처님을 모시지만, 나는 그와는 대조적으로 마음속에 임금님을 모시는 것으로 그려져 있다.

인간은 자연의 일부이며, 절대자의 '손바닥 안' 에 있고, 어쩔 수 없이 그 질서 속에 놓여 있을 수밖에 없다. 하지만 '사랑' 은 그마저 거역하거나 뛰어넘게 만드는 힘을 지닌다. 사랑은 인간을 솔바람이나 꽃나무가 되게 하기도 하고, 할말을 다하게 하면서 부끄러움을 넘어서게 하는가 하면, 기다림이라는 미덕을 부둥켜안게 만든다. 다만 '저 하늘 끝 어딘가' 에 '서 있' 는 상황을 염두에 둬야만 한다.

시인이 이 점에 착안하는 까닭은 '맘속에 어여쁜 임금님' 으로 그려지는 '사랑하는 사람' 때문이며, 그 사랑은 성

취가 중요하기보다는 그런 감정의 진정성과 절실함이 더 소중하다는 형이상학적인 가치관의 떠올림에 다름 아닐 것이라는 유추도 가능하게 한다.

아무튼 시인은 이 시에서 현대판 지귀 편에 서서 부르는 사랑 노래들을 들려주고 있는 셈이지만, 그 비극적인 사랑은 이루지 못한 꿈의 아름다움과 그 역설적인 행복의 소중함을 일깨우는 데 주어지고 있는 것으로 보이게 한다.

심정적으로 '지귀가 된 시인'의 어머니를 향한 마음은 또 다른 애틋함으로 다가온다. '엄마 무덤엘 또 찾아왔네. / 양지녘 산길 돌아가 떼잔디집,/…〈중략〉…// 얻어먹은 밥, 쉬이 배고픔이여./ 어둠 속에 온갖 귀신 무섭다는데,/ 난 엄마 곁에 바싹 붙어 자려네./ 밤이면 잠 속의 그리운 엄마 꿈,/ 자고 일어난 얼굴 온통 눈물이네.' (「저 하늘 끝 어딘가 한 사람이 서 있다 – 지귀자전 8」)가 거느리는 쓸쓸함의 아름다움은 마침내

　　봄엔 제비꽃,
　　내가 젤 좋아하는 자주빛깔 앉은뱅이꽃.
　　여름엔 고사리,
　　자그맣고 부드러운 두 살짜리 아기 손가락꽃.
　　가을엔 구절초,
　　노오란 가슴팍의 하얗게 야윈 산골짜기 가시네꽃.

겨울엔 눈솜꽃,

눈 오는 날마다 하염없이 바라보는 눈부신 나뭇가지꽃.

산 위 빛나는 구름꽃,

사철을 두루 피어나선 날 위로하는 아버지 같은 큰사랑꽃.

      —「저 하늘 끝 어딘가 한 사람이 서 있다 − 지귀자전 9」 부분

들을 어머니 무덤가에서 함께 바라보게 하고, 어릴 적 어머니와 같이 꽃구경 가던 날들을 떠올리며 '— 나는 아직 어린 마음 그대로인데,— / 보고 싶은 엄마는 날 여기 두고 어디 있나.' (같은 시)다. 이 얼마나 낮고 따스한 사랑, 지순한 그리움과 애틋함인가.

그 외로움과 서러움은 결혼 잔치집에 이르러 '난 뭐 장가갈 줄 몰라서 영 안 간 줄 아나./ 우리 선덕여왕 향한 내 지극한 맘 때문이지.// 에라, 생각하면 뭘 해, 묶어주기나 하면 되지. / 축! 잔칫날인 걸, 이판사판으로 묶어 주자고.' (「저 하늘 끝 어딘가 한 사람이 서 있다 − 지귀자전 11, 이후 지귀의 행각사(行脚詞)」)라는 체념, 어쩌면 지귀로 살아가기의 역설을 들려주고 있지 않은가. 연작 「지귀자전」은 '현대를 살아가는 지귀' 로서의 인간적인 너무나 인간적인 인간, 나아가 인간의 차원을 훨씬 넘어 선 한 성직자의 구도의 모습을 다각적으로 읽게 하고 있기도 하다.

「오, 해피 데이 − 가볍고 즐거운 시」는 또 다르게 무거

움을 가벼움으로 바꿔놓는 역설의 미학을 보여준다. 시인의 일상은 '종이 냅킨 한 장/ 책갈피에 끼워 넣고/아침 변소에' 가는 것으로 시작된다. '거기 앉아 읽는/ 시 몇 소절'은 '심심한 재미'를 느끼게 한다. 그러나 그 심심한 재미는 '한참 앉아 생각하'게 하고, 그 생각 끝의 '삶의 무게'는 '어쩜 구름 같은 것'으로 그려진다. 반드시 그렇지만은 않을 수도 있다는 여지를 남겨놓고 있기는 하지만, 삶에 대한 인식이 '밝음'에서 벗어나 있는 것만은 분명해 보인다.

하지만 그 다음의 마지막 연에서는 그런 인식을 다시 가벼움 쪽으로 뒤집어 놓는다. 처음과는 종이 냅킨을 책갈피에 끼워 넣는 대신 (변기나 휴지통에) 버리고 일상생활로 '유〈U〉턴' 한다는 점이 다를 뿐이다. 더구나 거기서 마주치는 깨달음(?)이 '오, 해피 데이'다.

시인은 시를 통해서라도 가벼워지고 싶은지도 모를 일이다. 삶이 허공에 떠 흐르는 구름 같이 허망하고, 그 무게가 결코 가볍지 않기 때문임도 짐작해 볼 수 있다. 그래서 '오, 해피 데이'라는 역설을 낳고 있는 건 아닐는지…. 말하자면, 진정으로는 마음에도 없는 말을 하고 있는 건 아닌지 모르겠다.

시인의 이 같은 역설은 「달마 28 – 사람의 길 2」에 이르면 거의 극단으로 치닫는다.

넌 뭐냐?
(잘 모르지.)

난 뭐지?
(아는 게 없어.)

우린 정말
아무 것도 아녀.

인간의 존재 문제에 대한 물음을 '너' '나' '우리'로 확
대시키면서도 그 답을 극도로 단순화한 이 시는 자신의 내
면을 '달마'의 그것과 포개어 떠올린다. 하지만 이 단순화
는 지독한 역설로 받아들여지게 한다. 너도, 나도, 나아가
따지고 보면 우리 모두가 아무 것도 아니라는 인식은 다른
각도에서 들여다보면 그것을 뛰어넘으려는 초극의지로 읽
히며, 더욱 고양된 삶에 대한 열망의 다른 표현으로 읽을
수도 있기 때문이다.
　이 같은 인식은 제1부 「유태인의 안경」에서 그려지고 있
는 바와 같이, '그대여,/ 나, 이제 죽노니…// 우리에겐 살
아생전/ 정녕 아무 일도 없었노라'가 전문인 4행 2연의 짧
은 시 「나의 묘비명」에서는 더욱 극명하게 드러난다. 그런
데 여기에서의 '정녕 아무 일도 없었노라'는 극단적인 형

이상학적 역설이 아니고 무엇이겠는가.

　한편 시인은 '한세상의 사랑과 삶의 뜻은 무엇인가./ 한 갓 목숨의 꿈길은 저 산 너머 하늘녘처럼/ 또한 얼마나 더 멀리, 높이 아득한가.' (「강물」)에 젖게 되고, 망개가 붉어지면 옛 기억 더듬어 '한세상 사는 게/ 나는 아직도 부끄' (「망개가 붉을 때」)러워지지만, 그런 가운데서도 '순교성지殉教聖地라서일까, 해가 진 뒤 밤이라도 / 역사의 산마루는 높고도 낮게 또 길게 아주 잘 보' (「어於, 한티 4」)이게 되는 걸까.

> 여기 하늘 끝은 고요하이.
> 내 생애의 여기쯤 와서
> 비로소 적막함을 다시 안다.
> 이 이승의 산마루 위 하늘가,
> 겨울밤의 별무리 가까이 서서
> 나는 겨우 요즈음에야, 마침내
> 적적寂寂한 가운데 성성惺惺함과
> 성성한 가운데 적적함을 느껴 안다.
> 여생餘生의 천애적막天涯寂寞이여,
> 그윽한 고요과 확오한 깨침을
> 마음에 더불어 함께 갖게 됨이여.

— 「달마 26 – 산에 와서」 전믄

근황을 마치 담백한 그림처럼 이같이 펼쳐 보이는 까닭은 '왜' 일까. 그러다가도 다시 또 '하늘님,/ 나무도 저렇게 바로 설 줄 아는데,/ (나무들도 제대로 바로 서서 사는데,)/ 사람들은 왜 바로 서서/ 좀 제대로 살 줄 모르는지요.// 아이고! 하늘님,/ 그런 사람을 왜 아직 사랑합니까?'(「달마 30 — 달마의 기도」)로 되돌아오고 있음은 그야말로 '말 없는 말'이 너무나 크고 높다고 봐야 할 것 같다.

그런가 하면, 사랑과 자유는 이 시인이 목말라하는 그리움의 대상이며, 슬프도록 아름다운 꿈에 다름 아니다. 그의 발길이 닿은 프라하는 그같은 그리움과 꿈이 절정에 이르고, 한껏 고조된 노래를 부르게 한다.

'사랑은 돌아오지 않는 시간처럼, / 온몸이 아프거나 슬픈 천사처럼 / 은빛 날개를 달고 어디로 갔을까' 라는 물음으로 시작되는 시 「프라하에서 1 — 사랑과 자유의 노래 1」은 사랑과 자유가 '진실로 사람답게, 아름답게 사는' 데 있음을 일깨우고 있다. 나아가

프라하의 천사는 어서 돌아오라.
이젠 더 이상 슬퍼하지 않는
사랑과 자유의 새 은빛 날개를 달고
여기 돌아와 아름답게 노래하라.

고 절규하기에 이른다. '돌아오지 않는 시간' '아프거나 슬픈 천사' '은빛 날개를 달고 가버린 사랑'의 회복, 그 아름다운 자유와 사랑을 갈구하는 시인의 노래는 마침내 「프라하에서 2 - 사랑과 자유의 노래 2」에서와 같이

> '프라하의 봄'은 언제 완성되는가.
> …〈중략〉…
> 오늘 이 여름날 불타바 강의 카를교橋 위에서,
> 여기 와서 기다리면 만날 수 있을까.
> …〈중략〉…
> 다시금 만나 서럽도록 포옹할 수 있을까.
> 오오, 눈망울이 검푸르게 젖은
> 사랑과 자유의 혼魂이여,
> 젊은 날의 눈먼 삶과 꿈이여.

라는, 그 완성과 포옹에의 목마름을 추스르면서, 그 사랑과 자유의 혼이 '젊은 날의 눈먼 삶과 꿈'이었음을 아프게 환기시킨다.

그런가 하면, 부다페스트에 깃들이면서는 '자유의 소녀상'→다뉴브강의 잔잔한 물결→나치 강제수용소→죽은 우태인의 신발→부다의 단풍과 때 이른 가을비→피아니시모로 젖어 있는 페스트의 저녁 불빛 등이 불러일으키는 정서

에 빠져들다가도 이내 그 사실마저 객관화하는 여유를 잊
지 않고 있음은 뭘 말하는가.

> 그 모든 걸 언덕 위의 소녀상少女像이
> 옛모습 그대로 늙지도 않은 채 내려다보고 있었다.
> 그리운 시절의, 순결한 사랑과 자유의 도시
> 부다페스트가 거기 있었다.
> ― 「부다페스트에서 ― 사랑과 자유의 노래 3」 부분

그렇다. 시인의 희구 탓으로 더더욱 소녀는 언제까지나
옛모습 그대로이며, '순결한 사랑과 자유의 도시' 부다페
스트 역시 마찬가지이다. 그래야만 할 것이다. 시인이 이토
록 애틋한 마음은 아우슈비츠에 닿아서는 한결 더 젖는다.
그야말로 간절해진다.

> 이 세기世紀의 감방에서 죽어간 유태인의 안경이
> 그들 숙소 유리 진열장 안에서
> 나를 보고 무슨 말인가를 하고 있을 것이다.
> ― 「유태인의 안경 ― 아우슈비츠에서 1」 부분

라든가, '막시밀리안 꼴베=배고팠던 성인'으로 바라보
는 데까지 나아가지 않는가.

막시밀리안 꼴베는 어디 갔는가.

빈 독방엔 흰 꽃다발만 놓여 있는데,

부러진 안경다리를 실〈絲〉로 고쳐묶어 낀 채

가슴 찡한 꼴베의 넋은 어디로 갔는가.

배가 너무나 고팠던 성인은 어디 갔는가.

— 「막시밀리안 꼴베 – 아우슈비츠에서 2」 전문

그뿐 아니다. '여길 오지 말았어야 했다. 아니다, / 꼭 오-서 마음으로라도 보고 듣고 느껴야 했다'(「아우슈비츠에서 3」)다. 이 같은 시인의 마음 씀씀이는 미국의 죽음의 땅 데드 벨리에 닿아서도 매한가지다. '아무것도 살아날 수 없다는 소금밭의 연못 속엔 / 사람보다 고맙고 귀여운 고기와 풀들이 살고 있'으며, '바윗돌 위엔 / 대머리매일까, 갈까마귀일까, 그런 게 앉아 있'(「데드 벨리 1 – 미국 기행 하나」)는 모습까지 — 새를 통한 죽음의 상징성까지— 들여다보고 있기 때문이다.

영혼이 그윽하고 아름다우면 시도 당연히 그러하다는 사실을 『울지 않는 마돈나』는 부드러우면서도 완강하게 일깨우고 있다.

울지 않는 마돈나

글쓴이 / 이정우
펴낸이 / 孫貞順
펴낸곳 / 모아드림

1판 1쇄 / 2005년 10월 20일

120-193 서울 서대문구 북아현3동 180-22
전화 / 365-8111~2
팩시밀리 / 365-8110
E-mail / morebook@korea.com
        morebook@morebook.co.kr
http://www.morebook.co.kr
등록번호 / 제2-2264호(1996.10.24)

ⓒ이정우 시집
ISBN 89-5664-081-5

* 잘못된 책은 구입하신 서점에서 바꾸어 드립니다.
* 지은이와의 협의하에 인지를 붙이지 않습니다.

값 7,000원